谢炯 —— 著

长江出版传媒 | 长江文艺出版社

图书在版编目（ＣＩＰ）数据

黑色赋 / 谢炯著．-- 武汉：长江文艺出版社，2020.4
ISBN 978-7-5702-1195-1

Ⅰ．①黑… Ⅱ．①谢… Ⅲ．①诗集－中国—当代 Ⅳ．①I227

中国版本图书馆 CIP 数据核字(2019)第 170934 号

责任编辑：谈　骁　　　　　　　责任校对：毛　娟
封面设计：祁泽娟　　　　　　　责任印制：邱　莉　王光兴

出版：长江出版传媒　长江文艺出版社
地址：武汉市雄楚大街 268 号　　邮编：430070
发行：长江文艺出版社
http://www.cjlap.com
印刷：武汉市籍缘印刷厂

开本：880 毫米×1230 毫米　　1/32　　印张：6.5　插页：4 页
版次：2020 年 4 月第 1 版　　　　　2020 年 4 月第 1 次印刷
行数：3700 行

定价：46.00 元

版权所有，盗版必究（举报电话：027—87679308　87679310）
（图书出现印装问题，本社负责调换）

谢炯，诗人，律师，诗歌翻译家，出生于上海。出版有个人诗集《半世纪的旅途》（2015）、散文集《蓦然回首》（2016）、诗集《幸福是，突然找回这样一些东西》（2018）、英文翻译集《十三片叶子：中国当代优秀诗人选集》（2018）、随笔微小说集《随风而行》（2019）、英文翻译集《石雕与蝴蝶：胡弦中英双语诗集》（2020）、中文翻译集《墙上的字：保罗·奥斯特诗歌全集》（2020）。2017年荣获首届德清莫干山国际诗歌节银奖，作品在海内外各文学杂志广为发表，并入选海内外多种选本。

目　　录

第一辑　我的孤独与你不同

遇到一树野梨花 / 003　旅店 / 004　在玫瑰中安睡 / 006

将进酒 / 008　空白的墙 / 010　到站了 / 011　寻找 / 013

下了雪的下午 / 014　橘子树 / 015　茧 / 017

莫干山 / 018　冬雀 / 019　孤独 / 020　陌生的倾诉 / 021

乡愁 / 022　小树林 / 023　有裂纹的果盘 / 024

狮子座 / 025　兰花 / 026　痕迹 / 027

我的孤独与你不同 / 028　再大的床也只能睡一边 / 030

秋水赋 / 031　中途 / 032　多面镜旋转曲 / 033

岸边 / 035　大海的冬天 / 036

第二辑　多年前开始的那场雨

容器 / 039　你的围巾 / 041　我必须是新的 / 043

完成 / 044　某日，某过道 / 045　樱花 / 046

没有什么能够安慰我 / 047　站起来时 / 049

在梦里爱一个人 / 050　我们 / 051

记忆那些漂流的日子 / 052　释梦 / 058　有一种渴望 / 060

显影纸 / 061　珍珠中的沙粒 / 062　余音 / 064

空碗 / 065　是时候了 / 067　总是 / 069

寻找海明威 / 070　脱身术 / 074　一生的盐 / 075

一半 / 077　金盏菊 / 078　多年前开始的那场雨 / 080

来吧 / 081　你需要记住的不多 / 083

第三辑　夜里，直立的东西很少

地铁站随笔 / 087　读微信大楼门卫室的警告牌 / 089

清明节·扫墓 / 090　法官大人 / 092　雨伞 / 093

京城旅游指南 / 095　病 / 097　法拉盛：诗和远方 / 099

冰箱备忘录 / 101　问路 / 102　半个谎言 / 104

破冰者 / 105　航班状态 / 106　排队 / 107

夜里，直立的东西很少 / 108　在山洞里 / 109

圣诞树 / 110　玉米田之歌 / 111　松鼠的早餐会 / 113

练字 / 114　群众演员 / 115　9·11 / 116　人事纠纷 / 119

第四辑　黑色赋

夜听圣桑 / 123　子夜 / 124　杯痕 / 125　黑色赋 / 126

夏末咏叹调 / 127　沙沙作响 / 129　八月的笔记本 / 130

坏天气 / 131　一根树枝的沉默 / 132　侧面辜负了我 / 133
西窗 / 134　黄浦江边的等待 / 135　冰风暴 / 136
平安夜 / 138　画框已满 / 139　布谷欢啼 / 140
被兜售的疯鱼 / 142　画雪 / 143　不测 / 144
种一棵树 / 145　蚂蚁 / 146　大雪将至 / 148　滑梯 / 149
童车里的小狗 / 150　坐在出租车后排去某地 / 151
只有当我们远离 / 153　史记 / 154

第五辑　你的马

你的马 / 159　诗人日记 / 161　欲 / 162　未必是 / 163
正面像 / 165　未写的信 / 167　北京记 / 169
母亲，让我们去大海 / 171　月亮 / 173　瀑布 / 174
宿命 / 175　爆了胎的 / 176　访病中老母 / 177
招租 / 178　本色 / 179　洁白的呼吸 / 180　果实 / 181
参观巴尔干半岛战场 / 183　少女 / 184　午夜 / 186
蝴蝶效应 / 187　我每天爱着生活 / 188　鳄鱼 / 190
秋语三叠 / 191　风暴号 / 194　我有一只花瓶 / 196
诗 / 197　过合肥致先发 / 198　空 / 199
爱过之后 / 200

第一辑 我的孤独与你不同

遇到一树野梨花

在泽西市波罗镇小邮局后面
遇到一树野梨花
半蹲在早已遗弃不用的绿色邮筒上
脸色煞白,眼神惶恐
仿佛刚从前世的封墓中偷跑出来
嗅嗅
尚有阴间的消毒水气味
我问,来干吗?
她被我问中要害,搔首,弄姿
无法逃避形而上的严刑逼供
这时,一辆福特突然转换方向
铁锈
嗤地冲进鼻翼
她趁机莞尔一笑,温柔地
亲吻我生命线越来越短的掌心
街两旁,短樱花抓住雨脚
细雨绵绵密密

2019-3-30

旅 店

一

他们在厚重的毛毯下醒来
提醒彼此的存在

夜。雨。
屋檐。沟渠。后花园的细砖缝
前年造的水泥喷泉

他裸体小解
她听见窗外有橡栗落地

二

她有过两个情人

她不想用类似影子
或者镜子这样的俗名称呼他们

她打开吊扇

他合起书本
他说楼梯上有轻微的咳嗽声
像极了他死于肺癌的情人

她说这是旅店
这是旅店。我们路过此地

三

他煮了壶咖啡
她加了一小调羹蜜

雨不停。微光。松萝拉慢时间
他急着离开这里
她说你先走吧，行李箱在楼梯口
我洗洗杯子

他说这是旅店，我们路过这里

她说是的这是旅店
我们不要留下任何脏东西

2018-12-15

在玫瑰中安睡

我看见山坡下远方的大海
熠熠发光,紫菊枯谢

我看见风暴中不可移动的大海
贝壳灌音,碎银流泻

涨潮的海,退潮的海
深渊内部晦暗的大海

热烈渴求却身陷绝境的大海
我看见它被一个海钓的人拉在线上

晃动如巨大的芭蕉叶
我看见它被抛进小小的木桶

碎片唉声叹气
摇晃后再度成为统一的大海

而我的鞋底并没有沙
脚干干净净,头发纹丝不乱

而我闭着眼

只为看见更多,更多的海

2019-1-8

将进酒

焦虑时,她只做一件事
就是在宣纸上撰写毫无关联的字
每写一个字,她就明白因与果可以倒置
因此一切都是可能的,譬如切开
葡萄的孤独
里面是已经酿好的美酒

她撕掉写完的字
让不同的笔画落在不同的碎片上
投入含烟的薄雾
它们飞起来了,微微颤抖
她发现它们原来都是各有翅膀的
并且,各奔东西

但是,有两张碎片坚持飞在一起
那么远,那么小
仿佛一个字完整的两撇
也仿佛宇宙的双翼
因此一切都是可能的,她想,好比

她喝下一杯星星

现在它们在她的双目中炯炯发光

2019-1-19

空白的墙

看,他指着一面白墙
拿走画后,墙是空的

她捧着碗从厨房走出来
不对,墙本来是满的
因为画,空了

他不信,戴上眼镜贴近墙细看
空白的墙中央,曾经
是一张画的居住处
现在有一个小洞

洞看见他后
突然满了

2019-1-21

到站了

有个人
从我的家乡来到纽约
他殷切地问我
是否满怀游子的乡愁
是否心系二十九年前我离开的故乡

他问的时候
我们正坐在纽约 A 号线地铁中
车厢晃动　离开一个站台
突然加速　驶向下个站台
广告牌上旷野间的古老长城
跟着我们向前疾驰

我站起身来　凑近广告
想要看清烽火台上新砌的砖色
金属吊环被我笔直地拉入梦
车厢晃动野花丛中的长城
在我头顶踩着节奏亮相
万里连云际，年年箫鼓喧
突然，停顿在稳定和谐的

宣传画上

哦,到站了

2017-8-2写,2018-5-10改

寻 找

午夜十二点杯中的清水
寻找饥渴的嘴唇

孑然一身者雪白的墙壁
寻找斑驳的投影

童话中的似有若无的新衣
寻找皇帝臃肿的身躯

奋不顾身走上祭台的贡品
寻找睽睽众目的仰仗

被枯骨独自摩挲的时间
寻找叮咚叮咚的流逝

2018-7-15

下了雪的下午

下了雪的下午
光阴缓步
伸出手去习惯性地撩拨白雪
下面黑水里的春天
不要问也无须问
失落总是最真实的感觉

2017-3-15

橘子树

搬家的人拒绝搬运
我的橘子树

我愿意多出钱,难舍从小栽培的树
他摇摇头说,活的东西不能搬

我愿意弃盆,减轻重量
他咬着嘴唇说,活的东西不能搬

我发怒,我威胁,我祈求
搬家的人画个十字后将橘子树抱进卡车

他说,活的东西搬砸了我们不负责
马达突突地响,风呼呼地吹

橘子树和我搬进阳光明媚的新家
我给自己配了钥匙,给它施了肥浇了水

过了春天的花期,过了夏天的虫季
橘子树枝叶繁茂,苍翠青冉冉

但到了秋天

它结出满树白花花的冥王星

2017-10-3

茧

一颗充满悔恨的心,随夜而至
整年未想的事
虽生。犹死。起床,玻璃瓶旋开,放出
羽翼丰满的蝴蝶
有人当街唱唐诗,她的脸似曾相识。
一只风干的茧
被止水泡开,渗出旧香味,虽死。
犹生。

2017-10-19

莫干山

仿佛还是昨夜
挤在上海去杭州的最后一班火车
在两节车厢间,坐在铺着旧报纸的地上
和你,和你们
我并不知道这座山叫莫干山
那是春天,新茶刚刚上市
翠竹将风轻弹过山峦,空气清新
我们进出了几座寺庙,夜宿在农家小院
你们三个轮流到屋后小便,吹口哨,抽烟
然后回屋裹在棉被里,高谈哲学
我突然听见山涛声、雨声、花吐蕊的咝咝声
你眼神踏过星空的马蹄声
仿佛还是昨天,1985年的清晨
阳光从木门底漫进来,不知名的山雀啁啾
我从山上走下来……

2017-11-11

冬 雀

我在大地上没有家

我路过,在你从前住过,或许还住着的
那栋外墙灰暗的房屋外——站了一会儿
冬日的阳光缓慢地移出墙壁
许多孤独的岁月
已被你和他人共同度过

我站在墙外——
记忆落在桑树上洁白的声音,如此柔软——

2017-11-26

孤 独

当你写下孤独
你便不再孤独
你造了两个字：孤和独
它们缀在你的耳朵上
两枚小太阳
你一跑，它们
燃烧了整个灰白的冬天

2017-12-7

陌生的倾诉

像漂流瓶那样不确定的东西
一直不适合我。如果
我需要在人间留点倾诉,我会
撕一张小纸片
写满字,不留空格、逗号、句话、感叹号
我会,在无人观看的时候
将它悄悄塞入坐垫
被你发现将是偶然的
尽管你像江南的黄梅雨那么必然
你会在那个必然的季节走进那座必定潮湿的城市
你会坐在那张纹丝不动的黄梨木椅上
仅仅出于摆正一张坐垫的本能
你摸出那张折叠着的纸
层层打开……

2017-12-13 南京

乡　愁

一个浪迹天涯的人
行走在香榭丽舍大道没有想家
行走在斯德哥尔摩古堡没有想家
行走在撒哈拉沙漠没有想家
行走在莫斯科红场没有想家
甚至回到久别的故乡
也没有想家
现在站在西贡一棵参天的古树下
却想起老家门前另一棵树下
手把自行车的翩翩少年
和他头上盛开的
火红的木棉花

2017-12-28　西贡

小树林

少了几只鸟

她们飞去了其他林子

还是那条长凳,同样无人,同样无语

落尽繁华后的梧桐

寂寞难以描述

水边的柳树更加倾斜了

几乎已倒入下一个赶来的尘世

泥地上的枯枝

是你,留下的拐杖吗?

那么脚印又在哪儿?……

2018-1-27

有裂纹的果盘

几只有裂纹的白果盘
倒扣桌面,白色的网状裂纹。

小山坡上,晚钟敲响了。

他说如果你能看到一只果盘
是正面的,所有的果盘都是正面的

她不相信。

他说如果左边最细小的裂纹消失了
任何裂纹都不复存在

她绕到左边去看。

裂纹仍在
但是果盘都是正面的,盛满
荔枝,草莓,樱桃

2018-12-16

狮子座

一只乌鸦一棵侧柏一只独角兽
全都站在夜晚的高原上
高原很旧了
女娲补天时失手甩下的最后一块泥巴
这么旧的地方已很少存在了
这样的男人也濒于绝迹
大块吃肉大口喝酒枕着钢板睡觉
半夜站在怒江边撒尿吹口哨
双手弹奏轰鸣的黄果树瀑布
高声朗读黄色笑话
却不敢掏出口袋里送你的一首小诗
这样的日子远去了老去了星光
抵达落日和森林抵达
一头雄狮的心里

2018-2-26

兰 花

你
平静地
站在角落
散发着幽香
人们交头接耳地说
老了就该这般优雅大方
他们完全无法看见
你
内在的
壮阔波澜
面对一生最终的风暴
你汇集全部的精力
无暇顾及其他

2018-3-8

痕　迹

有一天，你会发现自己拿着
白底暗花的追悼卡到处诉说
人们稍稍惊讶地问
噢，昨天死了？
就是左边角落里那间办公室里的
安静的东方女人吗？
叹息后，他们回到自己手边的活计
她是谁？来自何方？
又去了哪里？
只有那些爱过她的人才会不断追问
而她
也只是在他们的问题中
短暂地存在过一回

2018-3-8

我的孤独与你不同
——答诗人黑子

我不难过，在自己的道路
远山暗沉如塌陷的皮肤
前方，残风晓月，芦苇缩小的水面
没有人与我同行，几十年来
我一人在这条路上踯躅
荣华予我，耻辱予我
成功予我，失败予我
我的孤独与你不同

生来就孤独
被留在这无人的荒芜
被赋予锋利的牙、灵敏的鼻、丰腴的皮
无人比我更能忍住不哭
路旁，也许有栖息的小屋
还有诱人的植物
竹杖与芒鞋，今生不系空梦

尝试过合群
无不以失败告终

仿佛吐出血,被自己呛住
仿佛行驶于黑暗的隧道
贴近窗,看到的,是重重叠叠的自我
不真实的悬浮,内心的朝飞暮倦

夜阑人寂,我不难过
走这无人同行的路
如长风中最悠久最密集的沉默
我不需背负孤独如包袱
更无需背负众人的狰狞和冷漠
走在自己双脚开辟的道路
我的孤独与你不同

2018-3-20

再大的床也只能睡一边

睡前总要争一争
谁睡在床的哪一边
假设任何一边都会因自身的分量
塌陷，假设任何一边都会在
凌晨两点惊醒

我们只是无法永远睡同一边
我们也同样无法睡两边
——争吧，争到的中间
将失衡，倾斜
滚到一边
再大的床也只能占据一边

2018-4-30

秋水赋

纸折成的船写满妄语
三千弱水一江流

温柔,是不是凋零后的疲乏不堪?
随意,是不是刻舟求剑后的无可奈何?
一瓢不取

长风穿林
大雁过岗
月明星稀

2016-10-10 写,2018-7-15 改

中　途

左边是不可穿越的什么鸟都有的林子
右边是无法想象的鱼眼比鬼眼更加锐利的海洋
前面是寸草不生的峻岭
后面是

后面是马蹄
后面是追兵

胯下的瘦马
比堂吉诃德的那匹还要邋遢

2018-7-14

多面镜旋转曲

就这样　这很好
酒吧最靠墙的旋转椅
坐下旋转
外向孤独人格　第七种分裂
尖椒马蒂尼　加冰　加盐　加青柠檬汁
勉强捞出一根空心针
把星辰刺瞎　整个夜晚
尖叫　只问一个问题
你到底是谁
卡进喉管里的辣椒籽的斥疑
随便改变形体　像薄雾淡云　大象
被临摹的梵·高　成人用品店玻璃　废气
赌场专线小巴　自动提款机
绕着自身的轴　直直钻入地下车库
再改变一下情绪　铁青了脸　落两滴泪
落堆肥雨　把街角的黄瓜打湿
卖黄瓜的阿富汗人戴着花边帽
名叫阿里巴巴
就这样　这很好
安枕无忧在手机上

黑色赋

读侦探小说和冰毒贩子的鸡汤

指路牌　斑马线　绿灯区

律师费大写

单脚跳过黑色积水　跳过两只翅膀

黏在一起的老鹰　跳过嘴里叼住香烟的

法国客的大街　雨后兜售的阳光

就这样　这很好

注意语法

过去时态　过去进行时态　过去完成时态

现在时态　现在进行时态

现在完成进行时态

未来　未来进行完成时态

一定要留下可能　可能

如潮退去　可能

在一个更加广阔的世界

一个人

缓缓旋转

2018-2-5写，2018-5-24改

岸 边

船来了，又开走了
不知道停靠过多少个码头
船上的人挥着手
仿佛他们去到的那个极乐世界
不需要用手，来表决，来指点，来抚摸。那里
海滩上没有石头，波浪翻着酒色
两岸发出的呻吟
浩浩荡荡涌向高坡
他们，还会回来吗？
如果我有岸
如果我一直在岸边挥手

他们还能回来吗？

2018-7-7

大海的冬天

我来到大海。这是冬天。
沙滩,收紧了阳伞和脚印
狂风,鞭笞老橡树衍生的松萝,白浪滔天。
几只海鸥,咽下潮湿和软弱,呆立码头。

我走进大海的盛怒。这是冬天。
摩天轮停摆,油毛毡反转,木梯开裂。
麻绳,救生圈,急救箱
到处空空如也。到处是水的泡沫——直接任性的破
  灭性。

我在冬天来到大海。
度假的人均已离去,载走的还有阳光
和防晒霜的气息。
我双手插袋,看着冬天的大海:
黑暗、无常、无月垂立、无星旁证、无法形容的
最原始的力。

2018-12-10

第二辑　多年前开始的那场雨

容　器

我不知道，我的天性不允许我知道

爱是没有形状的

我走在爱中，醉的葡萄园中，从未想过

如何为爱捏造一个容器

当爱迎面而来

迎面扑来的风雪

我既无帽檐也无围巾

一双不合季节的鞋子，蹚过泥泞

当爱离我远去，我是无形的

回归泥土，回归雪，甚至回归了水

流淌的我，怎么可能美丽？

满是泥泞和沙砾，怎么可能美丽？

我的水浑浊，我的爱不清

更要命的是，我无法捞起我自己

亲爱的，没有你

我将不知道我的爱

我将永远不知道我爱过你

当你，用你的容器

挽起我，你是否感觉沉重？

当你捧着我走过香气斐然的紫罗兰

黑色赋

你是否矛盾过呢？你无法放下我
你永远都无法放下我，为了我
你保存着完美的自我
亲爱的，我的天性不允许我知道
云影、原野和寂寞
我的爱没有形状
除非你就是我的容器

2019-2-12

你的围巾

你可以
送我一条围巾吗?

你可以织进一点荒唐吗?
不需要很多
一点点
荒唐
使巾角微微飘扬
使围着它的人脚步轻盈
使风不用扯帆就能远渡重洋

你可以再绘上几朵堕落的借口吗?
让我坠入绝望
如同跌入来不及关闭的深井
再让我用你织的围巾
一步步爬回自己的阳光

你可以绣上你的名字吗?
你可以使名字失去象征意义吗?
你可以使意义永恒吗?

你可以使永恒无常吗?

你可以在天气
尚未转冷之前送给我吗?

2018-10-16

我必须是新的

爱你

我必须爬上高坡

我必须烧毁所有通往对岸的桥

我必须推下凌乱的巨石,扬起尘烟

我必须掩埋

每一条小径上的脚印

丢弃柔软的柳叶

我必须是无形的、无色的、无声的

我不能有你的眼睛、你的舌头

你的头颅、你的身体

我必须回望

我必须没有你

我必须完全没有你

我必须是新的

2015-8 写,2018-8-31 改

完 成

我拒绝出门时
季节正在外面变戏法
虫蛆淹没树根：落叶，毛栗，病
被一条树枝带入前世

很多天杳无音讯的一滴雨砸在屋顶
没有子弹的枪也有
扳机——；朋友的猫
从他的诗句上悄然走过

"完成了它不可能完成的事"
就像一片叶子
完成了
树不可能完成的事

先是通体湿透，萌发绿意
然后攫取空气中的一切
最后悄无声息地
潜回大地

2018-11-25

某日,某过道

走去的人
和正来的人
在过道相遇
并没有停顿作揖互喧
"这人和我很像"
一星念头,暗燃
角落多了半截火柴

当时,天空悬着明亮的镜子
当时,富翁的三个儿子正被炸成烟花
当时,农夫的头胎号啕大哭爬出玛丽亚狭窄的阴道

当时,我手中晃着一串钥匙
坐在过道旁边漆得比化工厂污水还绿的长凳上
手机在响　来电者头像亮起　和我很像

2019-4-23

樱　花

考虑了终了，她的爱情才一夜开放
考虑了永别，她才毫无顾忌地对你笑

你当然不会知晓
爱过这朵和那朵花
爱过溪边上每个季节的美丽
你当然不会知晓
她只有一季
只爱过你

2018-3-31

没有什么能够安慰我

还没老到
能够告诉自己
已经老了

满地的斑驳落叶
脚步穿针引线
也许能织出一件华丽的秋装
我却只愿见枝头的金黄

没有什么
能够安慰我
除非你就在我身旁

我的要求过分吗?

孤寂中
谁不想遇到怜悯的目光

一只鸟抢在我前面穿过阴雨
那么多树

我从来不知道名字
还没老到
可以忘却这小小的缺憾
银杏与梧桐混为一谈

堆积的诗
无法自己收拾

2018-11-13

站起来时

半黑暗的光里,我想着我们
曾经滚过的草地
草朝一边倾斜
没有一根不被压往同一个方向
几乎没有一根不重新回到原状:

头顶上
飞机碧蓝色的轰鸣作响

窗开着
门也开着

2018-7-10

在梦里爱一个人

在梦里爱一个人
如在海水里企图说话
(蓝极了的海水)
我紧闭绛紫的双唇,脸变形
喉咙里翻滚着你的名字
却不肯开口让鱼
游出,带走你留下的唯一的痛楚
哦,就这样毫不体面地挣扎着
在海里,溺死之前,在永远爱着你的梦里

*

谁曾说过,"梦里爱一个人是爱不好的。"
在梦里,我永远清醒,永远手执长矛
多少无意识的山花,看,它们何其烂漫!
那凋谢在你右臂的一朵,何其无瑕!
在梦里,我不喜也不悲
无悔也无恨,不慌也不忙
看,我举起长矛精确地刺进了自己的心脏。

2017-10-29

我 们

我们挽着秋天散步

你化入蔚蓝

我迎风走进呼啸的长廊

两排房屋间

夕阳种植的阳台

葵花上结了一层冰

大大小小的锁

半明半暗

挽着秋风低吟

苹果伸进屋子

我们伸进彼此的苹果

2017-11-10

记忆那些漂流的日子

一

我走过的万水千山中
是否包括自我设计的放逐

我写下的千言万语中
是否包括自我禁锢的怜悯

我曾经为你染上的疯病
是否已经被多年吞噬的药片治愈

我残酷敲碎的宁静
是否终于涟漪远去消逝殆尽

哦,面目狰狞的黎明
你是否可以早一点鱼肚显白?
还有多少日子会醒来
写下孑然一身到处流浪的句子?

二

爱尔德街通往记忆大道的环形路
植物园外笔直的环形栅栏,被拉弯的一条铁栏杆,
  仅供
你我进入,落叶纷飞的公园
小径,废弃铁轨后高耸着被废弃的地球
八十年代消瘦的肩胛骨
墨镜里两只麻雀
和双子塔

你说你很穷
蓝天全部画在捡来的门板上
我说,是的,是的,加上几朵白云

公园小摊卖彩色手链的阿米哥啊
九毛九分散落一地的爆米花啊
T恤衫上自由女神的青铜裸臂啊
街道中央冒白烟的地铁出气孔啊
可口可乐罐背靠啤酒罐滴出的乐啊
收租金的犹太房东踢翻的老抽酱油瓶啊
科西嘉祖母从缝纫机后抬起的黑眼睛啊
从门缝进入客厅的大都会保险公司广告单啊

你摇着相机记下那个风起云涌的时代

和我，和你做爱的姿势

我推开镜头

让我们做寄生虫

让我们像海藻一样依附他人生活

让我们假冒贵宾去富人的宴会

让我们翻开每一片纽约干净的垃圾

让所有的女人都在这片土地开花结果

让所有的男人都回到他们自己的国度

记忆大道拐入北方大道的立交路口

长岛铁路的中转站，拱桥

落叶纷飞，植物园中学名拗口的植物连成一片

某年某月某一天

我们没有说过爱恋

也没有说过告别

三

杰克逊高地的红砖房前

一只他人遗弃的布面单人沙发

我们各抬两只木腿，穿过罗斯福大道

地铁在头顶上野兽般呼啸

不耐烦的出租车司机

钻出车窗，给我们一根长满金毛的中指

可罗娜的半土库
一扇窗朝南
角落，被重现安置的旧沙发
大朵大朵的菊花在你的四肢绽放
一根弹簧突然脱落
高声控诉

四

星期一早晨六点
我们早起穿戴整齐
厨房里忙碌的筷子忽东忽西
小儿子挂着围兜跑来跑去
大女儿对着书包自言自语
墙壁上画满伤痕的笔记
咖啡无法使人苏醒
爱情无法救赎情绪

星期一早晨六点
邻居的月桂探身问候
昨夜的沉滞一泻如绿
我们看穿生活的伪装

我们平庸地销声匿迹
生活是块洗不干净的旧桌布
我们恼怒地坐在长桌的两头
破碎的太阳在桌布上玩跳绳游戏

星期一早晨六点
旧世界的规则装进新世界的酒瓶
好不容易找到的工作好不容易辞退
你吃完早餐挤身 E 号快车
我的 7 号地铁被赶出伊甸园
摇摇晃晃驶过枝叶茂盛的皇后区墓地
星期一早晨六点
我们各奔东西

五

就这样
我们漂流

在一条五彩的河上漂流
和一本《存在与虚无》一起漂流
我们的船，红色
我们的背景，一轮潮湿的太阳

就这样

我们划过最清澈的河流

见过最缤纷的河床

就这样

我们挥霍掉自己的存在

将生命留给虚无

2015-7-30 写，2019-2-18 改

释梦

我开甲壳虫小车
你骑着摩托车
我是冰雪中的一团火,你是闪电
我在前面
你追后面

我拐入旷野中的一条岔路
那里出现一扇门
我走进去,在冰箱里取出
切成薄片的西瓜。我淋浴,换睡衣
摆弄一盆开到一半的水仙花
一群人涌现,仿佛地平线上突然出现的岛屿
彼此用葡萄牙语吆喝
扑上来,恶狠狠地揪住我的头发
拳打脚踢

你说你看见我的脸平静如满月
泪水顿时挂满你的双颊
你说你从梦中醒来
惊恐地发现

你爱一个人超过爱自己

2017-10-29

有一种渴望

有一种渴望
是渴望被你捏住致命的地方
被卡紧,无法转身,如琥珀中的昆虫
是仍然活着,仍然呼吸
却不再允许流逝
是逼你再也无法松手
你一松手
爱便溜走了

2018-7-5

显影纸

我现在的生活
全都印在显影纸上
这些色彩缤纷的照片里没有你
黑发或灰发　全都没有你
有时候连我都怀疑
是否曾经存在过所谓的你
所谓的爱　所谓的诗情画意

当虚弱来临余光缓缓散尽
当我　再度听到天空葬礼的鼓点
我会　我也只会
跪在黄昏尚未平息的山冈
虔诚地掘出一张从未显影的旧底片
你驮着我　正跨过暴雨后
一条湍急的河流　那么年轻

2018-5-8

珍珠中的沙粒

不能说我没有爱过你
哪怕你只是乘虚而入的一颗沙粒
饱受海浪长期的折磨
我背靠礁岩喘息
阳光灼热,空气中弥漫着陌生的气息
也许我只是,只是好奇
柔软的心拨开一条细小的缝隙
你趁机而入,毫不犹豫

不能说你带来的痛苦于我无益
哪怕我至今仍然充满恐惧
一滴滴泪水凝固成脂
反反复复的敌意和悔意
一重重将你化成乌有的努力
使我没有精力怜悯自己
我把泪水交给你
我把泪水交给你

不能说我们的交会毫无意义
哪怕你要成珠,我要远离

毕竟我们造就了某种美丽
哦，珍珠中的沙粒
你是否还在那里？
当我卸下一切爱与恨
将你埋葬其中
你是否完美地保存了最初的自己？

2018-3-19

余 音

事到如今,嘴唇已多余
告别需要勇敢的心,而我们怯懦

我们是盆栽的蕨
手臂朝着天空伸展
讨来的一枚太阳依然辉煌
叶背却阴郁无比

我们沉默着
如大水退去后的肮脏城市
如劲风挥别后的狼藉
如月色洗白的小径
蜿蜒在月亮咬碎的大地

2017-4 写,2018-8-20 改

空　碗

他走后。

她总是在面前多放一副碗筷。

把菜夹在他的空碗里，她说，"你喜欢的，多吃点。刚从后院摘回来的番茄，特意少放油多加了糖，就是为了合你的口味。你说这天凉飕飕的，晚上出门，你要多加件背心，人老了，不要逞强，尽管我一直佩服你的精力，不过你总这样闷声不响？"

碗不作声。

"我觉得我们真的有缘。茫茫人海，偏偏遇到了你。我看你第一眼就爱上了你，是因为你的才华吗？有才华的男人很多。还是因为你的悲剧性？我懂你，也想你懂我，令我百思不解的是，你为什么故意不想懂我？"

碗不作声。

"我把过冬的棉外套全部翻出来掸了掸,还把你那些书搬出来晒了晒太阳,都长毛了,一股霉味。我把你的书全部做了记号,以后找起来容易些。"

碗突然开口道,"不要碰我的书,不要帮我编号,我的书不是你的书,我们不认识。"

她夹着鱼头的手愣在半空
　　　　松开
鱼头掉进他的空碗
仿佛滑进了灌满海水的喉咙
她扶着桌沿站起身
将他的碗连同筷子从桌上收起
摔进垃圾桶。

2017-10-21 写,2018-9-16 改

是时候了

是时候了
是旗子被长风卷走的时候了
是旷野被荒草淹没的时候了
是最后一根稻穗压垮谷仓的时候了

马在平原
狼在山巅
人在途中

是葡萄发酵成酒的时候了
是熟悉的手从梦中伸出拽紧乳房的时候了
是失血的心松开栏杆的时候了
是你我拥抱哭泣的时候了

花在镜里
海在瓶中
蓝在深空

是时候了

黑色赋

是秋色染红台阶的时候了
是信纸漂泊在长廊尽头的时候了
是候鸟迁徙的时候了
是时候了

2015-11 写，2018-8-20 改

总 是

总是黄昏
总是意懒人倦
总是吉他弹奏的飞雪
敲打人间的旧冬天

总是冰雪交加
总是水泄不通
总是不远处桥下的灯光迷惑我的眼
总是推开门走进你的世界

总是幽灵般飘落你的披肩
白雪般融化你的深谷
总是突然间绷断了弦
如大风过后窒息的火焰

2015-2 写，2018-8-15 改

寻找海明威

一

一辆漆成玫瑰红的凯迪拉克

五十年代美国制造

穿过顶着白色碎花的烟草地和海浪

在哈瓦那

我到处寻找海明威

在朗姆酒中找

在雪茄烟圈中找

在玻璃般透明的艳阳中找

在雕塑魁伟的影子后找

在塌陷的乌托邦中找

在老人的浩瀚的大海中找

我到处问

老爹在这个角落喝过可乐吗？

老爹在那条船上捕过龙虾吗？

老爹的猫和打字机还在吗？

老爹的猎枪还能上膛吗？

老爹走上山冈进入过丛林吗？

老爹捕到巨鲨拖回港的只是根骨头吗？
老爹的笑声滚动如雷吗？
老爹的头盖骨缝了五十二针吗？
老爹住了二十年的殖民屋已经漏水了吗？
我到处询问那些皮肤黝黑面容祥和的古巴人
你认识老爹吗？
你觉得老爹是什么人？
你知道他离开古巴后为什么自杀吗？
他们摊开大手，他们咧嘴笑，他们说
你找错地方了，我们这里没有海明威

二

拨开金黄的玉蜀
甩落几根牵肠挂肚的牛豌豆
田埂上引擎轰轰隆隆空转如七月
在伊利诺亚
我继续寻找海明威
在他穿着裙衩荡起的秋千后找
在他父亲暴怒的拳头中找
在他母亲阴郁的相片中找
在童年碎片中找
在青春的不堪中找
我到处碰壁

有的人属于天上的父

有的人属于地下的母

有的人属于某个国家和民族

有的人属于某类教会或组织

有的人属于某个家某个人

有的人属于某种语言

老爹却以不同的面孔出现在所有簿册上

他是他从非洲丛林里猎杀的那头雄狮吗？

他是巴塞罗那街头眼睛血红的公牛吗？

他是乐观的堂吉诃德吗？

他是高尚的情人吗？

还是背叛了女人的男人？

我到处询问那些骨骼粗大虔诚谦卑的美国人

你认识老爹吗？

你读过他的《乞力马扎罗的雪》吗？

他们倚在教堂的外墙，他们温厚地笑，他们说

你找错地方了，我们这里没有海明威

三

走进市立图书馆

穿过一排署名海明威的烫印书

肃穆，有序，沉浸在文学奖和时间的汪洋

我打开纸张发黄的《老人与海》

轻声轻气问

老爹,你躲在这里吗?——

没有回应,刚想合上

老人却从酣睡中睁开眼睛

唉,加朗诺打败了我,他们打败了我

你这在说谁?我很惊讶地问

老人翻身坐起

就是鲨鱼加朗诺啊

我有桨,有短木棒,有舵柄

我总要试试

换了你,你不试试吗?

我杀死了它,一棒打在它头顶

可是它吃掉了我的鱼,它最终打败了我

我追问,你是海明威吗?你长得很像他

他朝我抱歉地笑道

我?你找错地方了

我不过是个空手而归的老头子

2019-3-24

脱身术

只有一次
我摆脱了时间

哦,就是你说你不可能爱我,并且
在做爱前,已经想遍脱身术

我走入
城北废弃的火车站
在雪白的墙上
写下一首诗
目的,就是为了弄脏它

那天,铁轨笨重锈迹的身体
蠕动在硕大的钟面
那棵枣树,状如罪恶
我活到了时间之外

2019-1-6

一生的盐

爱你,就是认出你
内在精致运行的齿轮
以及用来对付世界的皮囊下
来历不明的忧郁

爱你,就是等你出去
进入你的房间
铺好床,拉直床单
若无其事地枕几粒薰衣草

爱你,就是在你做梦时
为你掩上门
为你灭掉晃眼的灯
为你倒杯解渴的水

爱你,就是踩进你的迷人
你的清晓,你的
白如道路的河,同时相信
你一生累积此河中的盐

足以令我不沉

2018-6-7

一 半

你的床上

另一半还在等待:
一只软体动物前来
门外,雨声此起彼伏
蔚蓝的窗帘和白漆的格子互不搭理

我的被完成的一半
星空中
荡起的秋千

2016-10-14 写,2018-7-15 改

金盏菊

今年中秋
我没有抬头看月亮
走在一丛丛金盏菊之中
染红双足,点亮额头

有些花从未彻底凋零过
好比金盏菊
春天种下的,在春风里开过
夏季的炎热似乎已经把她打败
秋风再度唤醒她的金黄
丰腴挺拔的多骨朵花
如佳肴,必出自流蜜的心
如一盏盏小太阳
染红双手,点亮额头

今年中秋,我没有抬头看月亮
悲伤是容易的,快乐却稀有
隔空的思念是容易的
爱却稀有

我摘下一朵金盏菊

佩在你胸口

2017-10-1

多年前开始的那场雨

多年前,在我住的楼梯下的
小房间一角
有一根灰色的水管

南方多雨
每晚父母的私语从隔板后传来时
我躺在黑暗中,听雨在水管中流淌

雨从来不停。屋里屋外都是潮湿的
乌木地板,丝被,天井里的栀子花
连梦都是湿漉漉的,下着雨

我听见水管中一枚叶子无奈地旋转
叶边仍带着昨夜的纯净
同时还听见南方如水的连绵和执着

多年后我在南越小镇陌生的客栈中
再度听到那水管中的雨声
那场雨,从来没有停过

2017-12-27　会安

来 吧

来吧

那给得出的

那给出又必须收回的

那无法给出的

那无法给出却必须付出的

那道　狂飙过沉寂天宇的闪电

那阵　将小荷连根抱起的清风

来吧

天暗之前来

篝火燃起之前来

澎湃或温柔　短暂或永恒

我绝不索求你的感动

一个人走过万水千山　感动自己已不易

休再与人说什么生死与共

来吧

空手来　赤裸地来

有目的来　无目的地来

满怀希望来　集体失忆后来

你懂水我懂树

你幸福我便很幸福

来吧今夜之后无你我

2017-1-13 写，2018-10-3 改

你需要记住的不多

你不需要记住我笑的模样,有时候我也没有在笑
眼泪也省了吧,我只在人前
哭过两次,每一次都是为了渺小的无辜
你不需要记住我的文字,当我开始把白纸的右边
空格全部用字填满并自动回车,折磨左边的空格时
我已放弃文字。至于我们在烈日下喝过的伏特加
牙签刺尖的红椒青橄榄
圆润饱满时说的
我爱你
还有我泼在你脸上冰凉的月亮
第二次和第五次的约会
肢体的娴熟,夜送来的松香和灯的气息
你在黑暗中抚摸着我的背脊想起的另一个女人
还有从你口袋里滑出,砸响
木板的那串钥匙
钥匙圈上你儿子的马被床单抓住的尾巴
至于我们之间岁月的浩瀚
纯粹性养育的必然错失,随时观察镜面和夏令时针的
　　习惯
掀开魔盒的手势,这些,你全都不需要记住

你不需要记住我的名字

和我的地址

你不需要记住我的白发和青丝,生辰,甚至死亡

因为:我需要你将全部的记忆给予

十一月醉醺醺的那场相会

天空结着薄薄的一层红晕,原野带紫

我们爬上高岗,俯瞰大地

我的手挽住你的手,我的头靠在你的肩膀上

那最初的沉默——

2019-3-13

第三辑　夜里，直立的东西很少

地铁站随笔

众生踮起脚尖
半个身子悬空
朝黑洞望去

洞里有灯光
煮熟
有风吹出
洞里发出悬索桥从铁链挣脱的声音
哐啷,然后是刀尖划过器物……

众生齐身后仰
千股期望被绞索拧痛
什么到来?
你期盼什么到来?

然而黑洞不再作声
众生前倾,踮起脚尖,头伸得更长
长得足够吊起所有的悬索桥
长得足够绕地球几圈
哦,不,长得只够吊住自己的头颅

这些,全都发生在
一条黄色警戒线后面

2018-5-6

读微信大楼门卫室的警告牌

谁说无人吭声等于无人在
谁说无人在等于无人监管
谁说无人监管你可以犯错
谁说你犯错后可以一错再错
谁说白布条上不会写黑名单
谁说上了黑名单你可以下来
谁说后天和昨天不是一回事
谁说洪水滔天时必定有方舟
谁说翅膀长硬后你一定能飞
谁说你能飞就能飞过这堵墙
谁说绑在火箭上的石头不会掉下来
谁说掉下来就不会砸破伸出的脑袋
谁说伤疤愈合后疼痛自然被忘记
谁说你不读这警告牌它就不存在
你敢闯进大楼——休想!

2017-9-11

清明节·扫墓

我们无法直达墓地

　　　　太多的人露着白骨（太少的
　　　　时间）他的黑色瀑布长发
　　　　挡在道路中间

八百，他拿出发票簿
"涨价了，去年不是才要三百？"
就这价，你们一年才来一次，不贵
算了吧，弟弟说，天堂里总会相聚
倒车，妹妹嘀咕道，来世见不迟
母亲开始哭起来　呜呜呜
呜呜呜　我死后，你们肯定不会来扫墓
姐姐从轿车里伸出白鹤的长脖子
"八百太贵，不过看一眼的事，五百吧。"
给六百，鲜花免费供应……

在落樱与桑葚中我们继续上行
在毛毛细雨中爬阶梯，喘息，回头
看一眼树林后的水泥厂烟囱

太少日子活在人间
太多时间归属阴间
来不及回馈，更来不及感恩
除了把落花扫进灌木丛

什么？
胡乱扫两把也要钱！哥哥不满地嘟囔
父亲从棺材里醒来，一口气吹歪
　　刚插上的鲜芍药
弟弟的声音更是洪亮，这么多活人靠死人
　　吃饭。什么世道！
一行人摇头，叹气，死不起，死不起
死无葬身之地——

小女儿蹲在墓碑旁
奶奶，我可不可以吃掉给爷爷的青团？

2018-4-6

法官大人

更早的时候
在加勒比海的牙买加
他谈过一场恋爱,并下了三十年的雪。
那个冷,孵出一块冰。
现在,这块冰趴在他的眼镜片后,而他
坐在一扇十三英尺的门后。
通过那扇门的人必先倒空存在
然后倒入牙膏和洗涤剂。
是哦,我的法官大人!
人们多么喜欢这样子的改头换面,无中生有。
不要惹他,人们说,
绕道走,让他安安静静地思考,
他一思考,人们说,上帝就笑了。
上帝笑时牙买加鼓声如雷
而谁在蓝色的月亮湾孤独地走?
是哦,我的法官大人,谁那么愚蠢?

2017-1-17

雨　伞

倾盆大雨

没有打翻衣钵

却使门后一把循规蹈矩的伞

鲁莽地决定打开自己

它冲出铜钉的大门

摇摇晃晃飘下无西街鹅卵石的斜巷

八角亭的风口道

水仙花吹起铿锵的喇叭

雨　如果下得大一点

便可以彻底淋湿它　渗透它

更大一点　更可以骨折它　颠覆它

将它遗弃给无所作为的自由

雨

骤停

一把已打开的伞不肯回到原状

挣脱手心的温情

奔入绿茵茵的湿草地

落地成佛

2019-4-12

京城旅游指南

在一个臀部比身体其他部分更肥硕的时代
我主张走路。
至少走还需要脚力,还需要把脚板
放平在地上,头时不时低下看个究竟
小腿肚时不时绷紧,跨过路障
跳过可疑的垃圾。
走路的好处是可以边走边看:
灯火辉煌的王府井
油头粉面的男女们
崇文门,太和门,堆云和积翠。
万一天气不够晴朗,雾霾十九天
可以边走边看手机上的真假新闻,搞笑视频
可以琢磨方向,可以双腿生风,可以倒走两圈
至少你不会遇到韩剧里的出租车司机
他不会拒绝载你去长城,不会
在六环行车道转圈,不会使你永远
到不了天安门和毛主席他老人家身旁
你的时间有限。在京只有一天。
我一贯主张走路
在一个汽油比黄金还要贵重的时代

至少走不会使荷包失血
你可以走到东,走到西。
当然你得看路,得时刻注意
不要被一个发飙的出租车司机碾成粉末。

2017-10-16

病

边缘结满了冰
中心倒悬巨大的钟罩

谁走出过这永远运行的顺时针?
谁端坐其中
指间书页沙沙如草
墙的缝隙中,答案艰难地迎风挺立
谁裸体躺在病床上?
头上插满恐怖的钢针
回应对痛苦的全部需求

边缘结满了冰
睫毛挂满串串冰柱

一场嘉年华的舞会
正在密不透风的冰窖里
密不透风的钟罩下狂欢

谁走出过这永远的自我陶醉?
谁能活在钟罩里面

依然故我?

那么,给我一支钢针吧。

2018-1-17写,2018-9-16改

法拉盛：诗和远方

纽约　BQE 转 495 号
高速公路　缅街出口　左拐
路过皇后区巨大的墓地　白色参差的
墓碑　间接梨树　短茸毛的绿芽
我来时　诗歌节已接近尾声

这地方不难找　潮州
明炉烤鸭　大口福　参茸行
新世界百货商场隔壁　大中华超市对门
没错　你看见排队等车的人
提着薄透塑料袋　他们买新鲜韭菜

要不你抬头看　被蓝布遮住的那堆
废铜烂铁　哭泣　将近一百年
7 号地铁　轰隆隆　开去曼哈顿
我们不去那儿　没去过　这里是法拉盛
咱中国人的地盘　吃喝玩乐　齐

一老妪过街　拖红色购物车
福州活斩鸡垂头　她停在路中央

紧了紧腰间松开的皇锦钱包
电线杆上的乌鸦　左右逢源
乘机拉了泡屎　在美的沙龙招牌上

没错　那里就是图书馆　免费
借中文书　DVD 也免费
您走的没错　什么诗歌节
这俺不知道　诗和远方　啥时成一家
常言道　路在脚下

您小心　别撞上车　开 SUV 来这买菜的
都是住长岛的小富　和大款
国内出来的土豪　他们多远方
你想写　山和海　山在上州
海近　海滩的沙子比面粉还细

我来时　激动已接近尾声
琵琶和古筝　弹着人世间的旧心情
春天的第一个热浪　促使百花齐放
曾经是樱花　桃花次第　现在……老诗人
指着他的亮鼻子　我们走在大街上

2018-4-14

冰箱备忘录

对于前来求宿的食品
冰箱是来者不拒的
食品的状态,它肚里一清二楚
有的价格连城,放上两天便臭气熏天
有的像土疙瘩,皮厚、难看,却耐寒抗冻
有的极度娇贵,进门后立即蔫了半截
还有一些完全不是食品,却拥有
食品的诡异和变化多端
冰箱照例大度地敞开大门。于是
有些来者忘了自己的临时身份
毫不客气在冰箱中长住下来
冰箱并不粗鲁地将它们赶出门
它默默地,冷若冰霜地等待着
它们内部的分化、腐烂,以及必将来临的死亡。

2017-11-5

问　路

动物们从来不问路

一头雄狮不会问土墩前晒太阳的
另一头雄狮，老兄，借光，
黑风山莲花洞怎么走？

一只穿山甲不会停在大道口
等待另一只穿山甲走过，凑上前去，
桃花岛离这儿还有几公里？

一只云雀不会在枝头东张西望
问另一只飞过的云雀，去年的歪脖柿子树，
好像不是这棵，我是否飞错了路？

只有你才需要问路

你提着嗓子，腼腆地靠近
行色匆匆的路人
请问，请问，宝塔在哪儿？
宝塔？那人停下来说，朝东方直走

高速上行方向，穿过水泥拱桥
你抓搔头皮，请问，请问，
东方是左还是右？……

只有你会突然被问路的人拦住
听说有个"大好河山新天地"？
没错，没错，你热情地点头，
大方地挥手，满面春风
西行五百米……听说就在那里

2018-4-18

半个谎言

半个谎言
远比一个谎言
诡异

好比用钝刀砍某头
没砍利索
必须面对遍地的血肉模糊

2018-5-25

破冰者

晚些时候
将下雪
然后是一场大雨
净化世界的愿望将被冻结

破冰者们
用尖锥戳着厚厚的冰层
我看见他们这样做已有许多个年代了
却只凿出一两个小洞
我曾经以为他们是徒劳的
冰层却突然开裂
从底部向上

——开裂

2017-12-5

航班状态

我们继续等待。告示牌
每过一小时
就自动延后一次:三点,五点,八点,十点。
我们观察天气、星相、新闻。
毫无头绪。
飞机被遗忘在跑道上
天空如油炸的黄鱼。
我们继续等待,直到管理者出来
告诉我们——航班状态不详——请
继续等候——

2018-12-16

排　队

我最大的问题
是看见人们排队
便被自己的恐慌征服

好比昨天我看见一队人沿着墙根排队
绕过墙，又绕过另一堵墙
我拽住其中一个问
你们排队去哪里？他看着我
仿佛我是个白痴

我听到欢呼声跃出撕破的纸杯
硝烟流窜在空气中如小偷
太幸运了，我心想，赶上正在排的队
我赶紧缩身插进队伍
将影子牢牢缝进荒草丛生的墙根

尽管我一无所知排队的目的
我宁愿和众人排在一起
绕过一堵墙，再绕过一堵墙
如此这般跟上时代的脚步

2018-7-4

夜里,直立的东西很少

树,赖在地上
任由地心引力
束缚,生养它的土壤
白如月亮的汁,我尝了尝,乏味
月光漂白了的树干
蚂蚁们的屠宰场
它们将不明之物高举过头顶
哼哧哼哧的声音在空旷的树洞回荡
夜里,直立的东西很少
连我也是四肢着地
哼哧哼哧地质疑直立的谬误

那所担心的一切便真的发生了。

2018-6-8

在山洞里

一船人锁在冷光里,神情专注
把欢愉、寂寥、愤慨和叹息灌入掌中手机
他们的宇宙无限膨胀着
却没有漏出一滴。
偶尔,有人抬起头来
下巴支在船沿
仿佛遥远荒岛黑暗山洞里的萤火虫
眨了眨梦游的眼睛。这并不是

批评。尽管我不发光,我
也在黑暗的山洞里,我是一只倒挂的蝙蝠。

2018-8-7

圣诞树

树被吵醒

麻雀在它的枝间叹息
"多么可怜啊!
昨天还在金碧辉煌的大厅,
今天已被抛弃在街角的垃圾堆,
还不如我这生来的流浪汉……"

树耸耸肩
抖落松针上的残雪
和那些早年在山里的日子

那时它是松林里千万棵中的一棵
而现在,它是一棵圣诞树
并将永远是

2018-1-5

玉米田之歌

谁吹灭了烛火?
谁褪下了面具?
谁把铜钉上了门?
谁吞噬了高大的橡树?

枝叶婆娑的夜
月光下走着无头的老古
谁谋杀了古?
谁谋杀了古?
一千零一个稻草人齐声问
一千零一个稻草人歪着脖子齐声问
一千零一个稻草人脚没淤泥齐声问
一千零一个稻草人晃悠着水袖齐声问

没了头他还在走
没了头他还要走

一千零一个稻草人齐声唱
一千零一个稻草人仰着脸齐声唱
一千零一个稻草人饿扁着肚子齐声唱

一千零一个稻草人摇摆着空袍齐声唱
他朝着城堡走
他朝着城堡走

月光在婆娑的枝叶间走
无头的老古朝着城堡走
一千零一个稻草人无脚可走
一千零一个稻草人无处可去
一千零一个稻草人没有眼珠子
一千零一个稻草人没有其他心思
一千零一个稻草人的乌鸦嘴齐声高呼
我们跟着老古
我们跟着老古走

谁建造了城堡？
谁祭起了旗帜？
谁吹灭了烛火？
谁是无头的老古？

2018-10-1

松鼠的早餐会

雪融后,铜雕放松了紧绷的脸
松鼠们在榆树下的长凳上聚会,互道早安
有人走过来
从纸袋里掏出曲奇饼
一只松鼠伸手抢到
毫不犹豫地潜入白雪掩盖的树丛
另一只松鼠得手,跳上最高的榆树枝
另外一只,另外一只
很快,松鼠们抱着各自的早餐,消失——

空空的长凳
令我想起六十年前饥荒年代
一张摆在食堂正中的餐桌

2018-1-10 写,2018-9-17 改

练 字

那一天
我坐在桌旁
临摹从碑上拓下来的古篆体
那些神秘的字到底记载了什么?
如此气韵生动
(几千年后我们还在临摹)

窗下的大河
如铺开收不起的锦缎绸面
紫玫瑰,似有若无地
开放在酱黑色的墨盒盖沿

我笨拙地
(笨拙而认真)
模仿千年前月黑风高夜那个失眠人
在油灯恍惚的小屋里
在一块石头上
刻进对生命的所有偏执

2017-11-12 写,2018-9-20 改

群众演员

电影开拍了
开始招群众演员
窗下,拳击馆门口,三两个人赶去
扮演毒枭的跟班,更多的
赶去扮演吸毒者,东歪西倒
更多更多的扮演被流弹击中的群众
不上镜的,叉着手
靠在电线杆上
和乌鸦一起,偶尔入镜
轮到我了,我问
地上被打死的那位需要人扮吗?
副导演朝我摇摇头
你,不够黑

2018-9-5　纽约

9·11

最恐怖的一天
是那一天之后的某一天

孤岛解禁
我们穿起西装,回去上班
站在船头徐徐渡河
烧焦的风景线
如晃在体外的肺叶
突然一个人的手机离开耳朵
上帝啊,他仰面朝天,我们完了!
又一架飞机从天上掉落
这次在海边

我们完了,我们被野蛮打败
街道已经洗清
地面空旷,几朵枯萎的菊花
几千张无名的生前照
静悄悄地躺在街沿
他们的魂全都飘在空气中
我走在他们中间,双眼红肿

难道我们真的完了吗?

我问他们,就这样被一下打败了吗?

冤死的亡魂默不作声

我用袖管捂住口鼻

走进办公室

那一天,宝拉还活着

他是后来死的,在阿富汗高地

那一天他拉着我

爬上华尔华兹大楼的顶层

鸟瞰:那恐怖的塌陷

失去牙齿的黑洞

仿佛预言文明的终结

那一天我再度戴上眼镜

只是为了看清

黑洞旁一堵正在迅速升高的墙壁

下班后

来到河边

渡轮离开孤岛

拖着两匹浪花的白布

经过自由女神像身边时

我突然发现她手中的火炬亮着

多么令人吃惊啊!

黑色赋

在这渐渐黑下来的夜
在这黑夜降临前最恐怖的时分
自由女神像手中的火炬
一直燃烧着

2018-9-11　纽约

人事纠纷

公司里的人议论纷纷:

有人说,他一贯偷工减料
造出来的人
不到三十就得癌症
还有的,生下来就带艾滋病毒
给公司带来巨大亏损

有人说,他随心所欲
昨晚酣醉云端,把月亮倒入海水
今晨又迟到
他时常造些毫无用处的人
——冥想写诗
说些不着边际的痴话
质量如此没有保障
影响我们大家的年终奖

有人说,你们没有发现
他的产品寿命都很短吗?
用不了一百年就坏死

而且经常出故障
换了新的零件后还是发出
奇怪的哀号

有人说,更要命的是
他对美毫无追求,从来没见他造出过
完美无缺的产品
偶尔造出一个标致的
马上又扔出一堆乱七八糟的
我们频遭退货,真是头疼

假如我是他假如我是他假如我是他假如我是他假如我
　是他

后排的贺建奎挺身而出
我就是他

2018-11-27

第四辑 黑色赋

夜听圣桑

隔壁的大提琴紧紧抱住一棵凋谢的楸树
榨取夏天最后一粒豆果
骤然收缩,再度流动
天鹅,带着它固有的白色笑容

你身体中的某些东西被咬醒
你起立的身躯堵住光线进出的小孔
天鹅拍打着你从远方拉回的魂不守舍的眼神
一念间喉咙深处又有了狼嚎

嚎叫了一宿
你动摇了黑夜的根须
若无其事地从破晓时分的霜间游过
天鹅,带着它固有的白色笑容

2016-6-15 写,2017 改

子 夜

狗,生怕迷路
紧跟单骑后
雪团击中海浪,世界因此摇晃
后窗的火烛,跟着摇晃
钟声,借机摩挲了一遍人性的阴寒

对面走来
半张脸
一身雪

2017-1-5

杯　痕

杯子被挪走了
杯痕留在松木桌面
起初是清晰的
后来渗入了年轮

隐去了

若干年后我坐在
光洁如初的桌子面前
想象一杯曾经沸腾的水
的破坏力
和销声匿迹的过程

2017-6-9

黑色赋

我喜欢黑色
比黑夜更纯粹
比孤独更彻底

我喜欢
黎明前的黑暗之色
那辽阔无限的不可预测
黑水　恶狠狠地拍打孤岛
黑手　开裂在雪白的粉墙
黑影　火的剪影

我喜欢沉陷于黑色
仿佛用光了五彩缤纷的白昼
仿佛厌倦了花朵盛开的理由
仿佛一张残缺不全的老唱片

只有黑色能够覆盖　能够贴近
能够被一个穿黑衣的人揣在怀里
摸黑走过山冈

2017-12-1

夏末咏叹调

夏末,夏末
情被风吹散,我被秋卷走
让你走纵然不易,留你在又如何出得了口
即使到了尽头的尽头,回旋的仍不过是万绪千愁
缓过神
醉红林枫上层楼
落帆的舟,月亮的摇篮手,梦啊
停泊在午夜十二点的短针。

夏末,夏末
冷霜爬满枝头
再无须多问它去了哪里
再无须多问它将去哪儿
夏日已过
夏花已败
纸已烧透
钟已停摆
孤独从未松过手。
黑夜移动了黑暗的你,原归它所有
被卷进秋,到达寂寞码头。

夏末，夏末
天凉心便透，好一个秋。

2017-9-17

沙沙作响

我是我自己
瑟瑟发抖的影子

日暮尚未和大地妥协之前
落叶织成的金缕衣,沙沙作响

我是我有过和永远不会再有的一切
包括舌尖上深刻的恐惧

我是我自己的秋天
敲锣打鼓的世界,仿佛在询问

意义到底能否自动呈现。那么等吧,
等等看吧,等到秋响得更加大声一点

2017-10-26

八月的笔记本

八月,我是一道开裂的伤口
蜕去表层,坚固
内核
夕阳中的沉沉落日
一刀刀削去的不过是黄昏

夜,不必假装神秘,请交出所有的谜底
请赌上所有的星辰、嘴唇、刀锋、笔记本
新陈代谢,阴晴圆缺
盛夏的张狂的万物

高大的树,高远的叫声
高昂的头颅,高耸的国门
谁说过,盛极必衰,乐极生哀
八月,飓风的八月
我走过热浪中发酵的城市

如落日
如一道滴血的伤口

2017-8-18 写,2018-8-8 改

坏天气

坏天气令我欢欣鼓舞。
有人
早出,有人晚归
灯火忽悠人心——
湿漉的棉花手套,关住触摸世界的欲望
十指合拢,泥泞四溅
斑马线默许我穿过。

2017-2-7

一根树枝的沉默

宁静的潭中扔进一根碧绿的树枝
涟漪张开嘴
吞噬。云,看完热闹
——起身离去
只有潭底的树枝望着封闭的水面
日夜忧虑
那即将发生的枯萎。

2017-12-13　上海

侧面辜负了我

早樱粉红,晚樱嫣红
开败的黄郁金香,倒在紫郁金香脚踵
春风里头尽是从不犹豫的啼鸣
毛茸茸的欢颂

我也希望自己是草,风过一遍,疯一遍
可是我没有找到像样的土
非常孤独

侧面辜负了我
垂下所有的难过,早樱已谢,晚樱落冠
春风里头每一阵战栗都是禅
都是另一种赤裸裸的掠夺

2019-4-22

西窗

被聊斋的雪压弯了。枯枝上
乌鸦们弹跳

楼上,漆黑一团。一把大剪刀侧身下床
咔嚓,咔嚓,叉腿遍地找
那双漏趾的黑袜

2017-10-27

黄浦江边的等待

下午。
我伫立江边,耐心等待
如过期的广告
等待灯光
栖息回裸露的梧桐树
等待一张又老又倦的脸
渗入肌肤的沧桑被浓黑装点
在耗损过度的城市中
我从来不梦想什么
除了夜

2017-12-13　上海

冰风暴

我听见
北方的风锯着白桦树
回声撞响空谷
大水结成冰河

我看见
巨掌推开棺木
鬼跳出,大步流星地赶到我们之中
抢占王位,神态自若

我听见
婴儿的哭泣
锯齿中,木屑呼啸而出
白骨穿过未来,丝丝喘气

我看见
孤狼提着自己的影子
走过寸草不生的荒野,寻找猎物

铁在镣铐中爆炸

火在破晓前熄灭
未完成的将用血来完成

2017-11-14

平安夜

海上,月牙儿极细
一条机动舢板从青峰体内钻出
又突突钻回,如泥鳅
我靠着船舷望下看。海,太深,便没有了底。
远方,浓雾滚滚,到处是伏笔。

2017-12-24 平安夜

画框已满

因此我一天都不说一句话
因此我一天都不碰
两种以上的颜色
我不表态　　喜欢红色还是蓝色
　　去还是留
我让洪水卷去舌头
　　　　胃做胃部的事
　　　　臀做臀部的事
我让眼睛休息
谁敢说不愿为多余的线条
略为惆怅
　　　　画框已满
因此我只是看着
心爱的蚂蚁爬出油菜花
油菜花爬出画框

2018-4-10

布谷欢啼

谁能相信春天
天铅一般重,路上的行人,裹紧黑呢棉袄
树叉着腿,露出难看的皮炎疹子
用空了的感情,垃圾,脏水
街沿,两只空塑料瓶子

谁又能相信
穿在木偶身上的花裙子
相信那些空旷野地的风信子
相信一枝自以为是的粉红色桃枝
那嫣然的媚笑和年年此刻献的殷勤

谁又能相信嫩芽的长势
日子变得又长又浪漫
石墙能够租掉窄小的缝隙和地下室
相信那些无边无沿的青草
那把每只蜜蜂的翅膀打湿的露水

那么听——
何处?布谷在欢啼

一声，两声，清脆声声

2018-2-15

被兜售的疯鱼

才偷看了一眼,它便
发疯了。阿拉伯人便开始在耶路撒冷兜售那条疯了
　　的鱼。
那么鱼缸呢?哪里还有装满清水的鱼缸?
哪里还有必须清水才能游泳的鱼?
鱼在远方用嘴唇歌唱,
快了,快了,另一个主人的缸里没有鱼——

2017-1-15

画 雪

从天上打翻的一桶漆
被风在半空接住

到处涂鸦
涂在榆树和桉树身上
一夜间它们白发苍苍
涂在教堂后院的墓碑上
灵魂们进入白色的天堂
涂在一列铁皮蒸汽火车上
被带到小山寨和浅水湾
涂在长凳上、屋顶上、谷仓上
空旷的停车场上、庄稼上、稚童身上

一双手不断拍打后
成了画

2017-12-9

不 测

滚烫的嘴唇,杜鹃花
榛树林上方,群鸟夺命而出
阴影在地上,和一件血污的衬衫
共同为我翻译:不测

2017-11-9

种一棵树

三月　小火焰　爆出的草籽
柳絮　细芽　肚脐　乳房勃勃生机
种树的日子来临是不是
晚了些？人已老　江山年年
更迭　种下这棵树　无意等待绿荫
让它自己去长　桃树长成桃树
梨树长成梨树　桃树长成梨树
叶面向上　向阳　某个阴天突然向下
树前树后刮起大风　枝叶扶疏
光吻之余　有人　坐在树下乘凉
那个人不是我　我只负责种树
镢头松开了土　清水滋润了土
土里　死的比活的更多　活
活就是钻出土　三月　风怀刀斧
切开果园和田垄　我负责种树
将一生植入土　早已娴熟

2018-3-4

蚂 蚁

夜晚的十月
灯光和睡眠令我同样厌倦

蚂蚁们前进的路上
我竖起十指请它们打道回府

甚至剥下一片乳白色的蔻甲
供它们栖息冥思

不领情的东西,一只一只
固执地从我指尖爬过

跌进黏稠的蔗糖液
它们如此坚定不移奔赴死亡

令我怀疑
世界上所有的回头路

如果山峰高到使人变成一只蚂蚁

如果蚂蚁必须爬过山巅

2018-10-8

大雪将至

那些被我们抛弃的
正抛弃着我们
看：鼓声穿越皮面
　　石头背过脸去
　　琉璃走出了城
而那些抛弃我们的
正被我们用语言的筛子来回抛弃

还剩下些什么呢？

让我们轻轻地捧起时光
打上鲜明的蝴蝶结
让我们在大雪来临之际
去寻找一头猛虎

2017-12-20　北京

滑　梯

夏日的最后时刻
我走入城市街心的儿童游乐场
场中空无一人
西风流窜
一辆红色折叠手推车
被遗忘在秋千旁
假山上高耸长长的铜滑梯
整个夏天，总看见一两个小孩从上面滑下
他们的父母在滑梯下张开双臂
高声鼓励着，赞扬着
现在，滑梯上空无一人
滑梯下，沙地平整
滑梯蓄势待发，如磨亮的箭矢
我爬上假山，站在滑梯口
夏日走到了尽头
我只想，再滑一次

2018-9-25

童车里的小狗

地铁站台上
下班朝某个固定地址奔波途中
铸铁阴郁。像发生过,又结束了

一条小狗拒绝走路
坚持和人的孩子得到
同等的爱
蹲在手推车里的蓝布篷下,汪汪叫
人朝着自己的侧影无声地笑
城市的雨在眼中飘零

2017-9-30

坐在出租车后排去某地

他的眼神如此犀利

他在镜子里看着我

他在后视镜里看着我

他仿佛已经见过我的裸体

他仿佛已经摇过我童年的树

他仿佛已经咬过我少年的果

他仿佛已看破我的前尘

他仿佛已经预料了我的未来

他在我还没把门关紧之前伸进他的腿

他在我还未想好谎言之前编好台词

他准备了浴缸

他拿出致幻剂

他一定要和我一起死去

他一定要和我挤在一块坟地

他的目光如此熟悉

他的眼神如此犀利

我敲敲隔板

停下,快给我停下

不去了，就在这儿下

2018-8-8

只有当我们远离

远离你
才能爱你

远离发生
才有不变的记忆

远离喋喋不休的言说
才能保存意义

远离时光闪烁的镜子
才能看见自己

远离岸
才有大海的一望无际

2017-12-12　上海

史　记

夜里

我的闹钟

在左耳滴答如蝌蚪跳水

我的挂钟在右耳哐当如螳螂捕蝉

它们从空气中舔取时间的蜜

藏匿进高高的帽沿

它们从墙上取下青龙剑,磨得铮亮

夜里。很多细小的东西面露红潮

目光闪烁不定

黑暗之处春色汹涌

哦,那么来吧。把你们珍藏的时间

抛出来,开战吧

——战场早已选好

乳峰股沟蓁树林潺潺溪流曲折之处

大地舒展,丘陵起伏

我已磨好了墨,我也铺好了纸

我将忠实地记录下

你们与时间搏斗的精彩

我还将精确地描述

那张高高在上的荆棘王位

不屑一顾地冷笑

2019-4-20

第五辑 你的马

你的马

我有一匹马
在星空昼夜不停地奔跑
口衔苦味的菊花
跺脚　重重跺脚
跺落时光
滴答

我的马
它不在马厩里
你认不出它
你看到一具佝偻的骨骼
艰难地运动每寸关节
褶皱的皮肤下
血缓慢如冷却的岩浆
你看不到血里的马
岩浆里的马
嘶鸣的马
我的从不停止奔腾的马

你轻轻地关好门窗

俯下身来关照我吃药

你挎着包出门上班

中产阶级积极稳定的良药

你迈出门

跨出阳台

你也有一匹马

你的马

从来不在马厩里

我早就认出了它

2018-5-10

诗人日记

教堂外,做礼拜的人
肃穆的脸隐入桦树的阴影
树枝,在高空
拍打出嗡嗡的焦灼感
拍打出远方白色的水浪声

橱窗后,一张十八世纪镀金的书桌上
瓷套娃娃们怀着比她们小一号的未来
钻入比她们大一号的过去
字被工整地打出,卡在老式打字机上
"有些人注定要由异乡考验其坚定性和承受力……"
细雨,继续在阳光中流浪

2018-5-11

欲

一枚纺锤
咬紧一端的棉线,嘎吱嘎吱,咬得太紧后
不得不又嘎吱嘎吱,松开
另一端的棉线

2018-2-6

未必是

未必是一条船
未必是一只船形的蜜橘
未必是一只像蜜橘一样鲜艳的眸子
未必是你眸子中转瞬即逝的火焰
　　　　敲响这存在
　　　　　　　动摇这存在
　　　　　　　　　奠定这存在

未必是六月的风和日丽
未必是海面的悠远飘渺
未必是你或我一生的相知相遇
改变这存在
　　美丽这存在
　　　　点燃这存在

哦，大海
大海的每一朵浪花
每一朵粉身碎骨中莺黄色的浪腹
每一朵玫瑰色的浪尖碧蓝的浪瓣

都在诉说它们的粉身碎骨

2018-6-2

正面像

一

山毛榉和胡椒树

深谙如何托举一朵黑色的云
她走上阳台,在鸟巢边支起竹竿
并不怕雨点
打湿撑开的布篷和画在篷上的火烛

二

清晨
天色苍茫
她半清醒的头颅

摇摇晃晃走过茫茫大地
雪,纯粹的白
她贴着冰上的洞眼望下去
——黑水里,透明的,无脑子的章鱼漂来荡去。想起
   在水族馆

喂鱼吃虾米的情景,她一时兴奋
到处寻找凿开洞眼的铁镐

三

从侧面和后背看
她的下巴下垂,眼角布满鱼纹
背因长年操劳而微驼
可以说她是一个非常忧伤的人

但是她看到的总是自己的正面:
一张不惊不乍的面具

2018-12-16

未写的信

亲爱的儿子

早就该
给你写这封信
几度落笔,几度
迟疑
再度落笔
后院的桑树已亭亭玉立

你,我的孤独之果
我青春鲁莽的结晶
你,成年的男子
早已擅于伪装自己
仿佛黎明天边那条淡淡的残月
潮水已在暗夜席卷过岛屿
你宽容地笑着
好像不屑再追问了
有什么好问呢?你没有父亲
你也没有一个称职的母亲
可你并没有追悔的权力

你只有你自己
那么我又想解释什么
我又如何得到你的谅解呢?

其实你早已原谅了我
亲爱的儿子,
当你的小手费劲地拉开福特车门
小头靠在布袋老虎肩上
当你轻声地说,妈妈
我坐好了,我们可以离开这里了……

2017-11-20

北京记

以为我

会坐在冰冷的石头上回忆往事

会想起一场鲁莽野蛮的大火

会将咬破的冰糖葫芦枣核吐进冰冻的河

会扯下一根老柳条插进石缝

北京的冬天总是那么寒冷啊

大雪后,人缩进了毛皮

以为我

会将倒扣的船翻过来

会从玉渊潭一直走到昆明湖

会巴望你玉树临风的身影出现在锦绣长廊

会轻咬你发烧的耳垂

北京的天空总是那么高远啊

我来后,看见的总是你的蓝天

斜阳西下

寒水映孤鸿

2017-12-22　北京

母亲,让我们去大海

母亲,让我们去大海
欢乐时去,忧伤时去,困惑时去
让我们贴近大海
倾听永恒

倾听那不变的咆哮
那吞噬陆地的意志
让我们原谅自己
——筑起又倒塌的沙堡
哪怕光芒万丈的灯塔
也不过站立在不断缩小的陆地上
人生没有意义
果实不值一提
唯有倾听
听大海的声音

我们是一张潦草的稿子
还未修改,便已印成白纸黑字
如果能,谁不想从头开始?
如果能从头开始

谁又真敢再涉人世？
万顷良沙上更多尸骸
更多海的遗污

但是我感谢你，母亲
感谢你给我生命
倾听大海，倾听无常，倾听风暴
这是你和我共同的夙愿
有一天我们将走入大海
走入自己的倾听

母亲
让我们去大海
孤独时去，徘徊时去，无助时去

2018-5-12　Montauk

月 亮

有些鸟消失了,有些正来临
可我,已不像从前那样喜欢鸟鸣
游走在无云的天际
遥远而冷静
大海中,你掉落的一根羽毛
白得像婚礼的插曲

2018-3-26

瀑 布

大地没有在听你
她忙着喷出奶汁

白色的泡沫
沸腾在青翠的山林

如果你有嘴她要你吮吸
如果你有骨头她要你长高

如果你是她女儿
她要你忘记自己的小心事

她是你母亲
她有权要求你喝奶时沉默

2018-6-16 克罗地亚

宿 命

一盏孤灯晃在我头顶

倾斜,沉默

若有所思

当我开始朗诵虚构之雪

它瞬间醒来

强调自己是古典的,且带一丝猩红

2019-3-28

爆了胎的

爆了胎的车
勉强闯过摇晃的红灯
初夏,月薄凉。所有的车都绕开它
超过它,如同避开一棵将倒的树。
狂风呜呜呜响,也许
它会倒下,也许一路拖曳
续开一段长路,也许……
我摇下车窗,大喊:停下
快停下!
你的轮胎爆掉了
这样开下去太危险……
空气中弥漫的摇滚乐,滚烫
少女们金子般灿烂的长发,灿烂
一辆爆胎的车,在我左道
现在,车里的人看着我,摇下车窗
"你的车,爆胎啦!"
他们冲着我呜呜大叫。

2018-5-26

访病中老母

春天比我晚。我已繁花开尽,它仍在燕翅渐深
蒙蒙细雨,如母亲手臂上打点滴的针
白色的纱帘
隔着生死,隔着晨昏。

2018-3-26

招　租

没有一栋房屋会永远
空荡荡
哪怕主人已搬去遥远的地方
我们只要将它打扫干净
搬进新家具……

挂好出租牌后，我问她
要不要在窗台上摆盆新鲜的花?
她慌忙摇头
万一主人回来
他可不喜欢花

2018-1-26

本　色

如果大海有灵魂一定是　紫色的
如果房屋有灵魂一定是　白色的
如果金子有灵魂一定是　黑色的
如果黑夜有灵魂一定是　银色的
如果群山有灵魂一定是　红色的
如果旋律有灵魂一定是　绿色的

而你的灵魂一定是　无色的
一定是无色的才能造就这令我晕眩的缤纷

2018-5-25

洁白的呼吸

她病了
躺在轻如薄纸的床单下
生长属于她的气泡,密密地,缓缓地编织细雨
她说,不要用任何东西压住我
让我回到我自己的呼吸中去

2018-3-27

果　实

她推我进院子
她让我看果子

黄澄澄的，可能是橘子，也可能是橙子
这里没有四季，记忆每天飘落
后院的一方水波粼粼的池。

她有一扇窗子
她有一张凳子

那些遥远的人啊，他们脸上的笑容
为什么僵硬在我们的镜子？
为什么我们的眼眶湿润如桑拿浴室？

她是对的
她总是对的

我们还能回头看吗？橘子，或橙子
不都产自自家的后院？
地上，坠落的果子。

我们捡起来
我们剥开吃

她认为已经熟了,我觉得有点酸
水波潋滟的一方池
周围有几棵橘子树,也许是橙子。

2019-1-8

参观巴尔干半岛战场

鸟声和雨声一起落下
林子烧开了锅,烟雾弥漫
山道上,泉水拖着白尾巴倏然闪过
我们走了两公里路
山坳后有家当地的烤肉店卖土豆饼
二十五年前的战火在店门前如此点燃
有人将巡警一枪击毙
尸横店口,群情激愤,枪炮齐鸣

我们到时
只见一段褐黑的锯木
横躺在那里,不知道被暴晒了多久

2018-6-21　Sarajevo

少 女

八点钟。
夏天的光停留在瓦罐污秽的边上
矢车菊又倦又渴

最后一个客人。唯一的客人
询问那张画的价钱
母亲蹩脚的英语吞吞吐吐
那张画不卖的,不过
如果有人肯出合适的价钱

当然,一切都由价格决定。

路灯亮了

月亮小而凉,冰刀间切碎的雪梨
站在画中的少女
抵触。耸起肩斜睨,藏匿点火的手
坐在画外的少女
茫然

看,这母亲的杰作!

2018-6-24

午 夜

我的心如一朵疾飞的乌云
赶去下雨的明天

2018-7-27

蝴蝶效应

等雨停了
腹部的虫子发完光了
等他们的眼睛落到九十九层的
塔楼后面
被山河与朽木爱了去
我们再

和掌心的流沙说点旧事
他们喜欢蝴蝶
和蝴蝶效应
我们却只有今生今世

等雨停了
花湿了,麦秸空了
等我踩着月光回来时
你的床头应该有灯
你的碗里应该有米
你的体香应该萦绕我
彻夜不眠

2016-7-5 写,2018-8-13 改

我每天爱着生活

我每天爱着生活
生活,偶尔也爱我

它让我蜷缩如胎儿
回到痛苦,感觉黑暗和密不透风

它剥离我的枝节与柴皮
投进柴火,噼啪作响成虚无

它在我的船底凿了洞
逼我沉入海底,观看千帆竞过

我每天起早摸黑爱着生活
捧出心,恳求一点可怜的关注

它却不看我。妩媚的
孤独的雨,披着阳光的轻纱

在我眼前婀娜。我把激情
全部献给了生活,现在我已经破产

我已经破产,手中只剩最后的骰子
我爱生活,它也爱我

2018-8-29

鳄 鱼

一条鳄鱼横穿过车水马龙的大道

你之所以没看见
是因为它在大道中间裂成两段:

一段去了道路对面
另一段回到道路这边

你以为它没有穿过去
你以为它穿过去了

它和这世界
保持了它才具有的关系

2018-12-15

秋语三叠

一、问秋

船泊坞静，湖面空阔，野鹭过处
倒影如墨
登高
远眺群峰凋零

鹭啊，你不觉得秋天很残酷么？

夕阳温柔
山林一片金黄，有几株深红
往果园深处走——

鹭啊
没有秋天
我们还会小心翼翼地摘下苹果
将所有希望寄存进种子么？

鹭啊，我们还会爱得如此深么？

二、叹秋

第一片树叶落下时
我以为是偶然

千万片树叶随风飘散时
我以为是蝴蝶

银杏变黄闪闪烁烁时
我以为是太阳

哦,我内心的秋色并不苍凉!
即使我在目送你
离我而去

三、送秋

悲乎,哀乎
雨后初霁,万木归箕

叶,烤焦的一面依然流着酒红
死亡是一门艺术
生和重生

今天，我想做的是将落叶归拢
碾成粉末，撒入泥土，然后直起腰，抬头送鹭

2017-10-10 写，2018-9-5 改

风暴号

沙滩上,停着一条船。

黑色的桅杆
倾斜,几乎被阳光压弯了
四扇小玻璃窗亮得发烫。
白色帆布,仿佛夏天胡乱卷起的牛仔裤管
露出草率的粗线头
一面绣有天堂鸟的三角旗
垂在碎贝壳脚下。无风,无水,到处是沙。

"有人吗?有人吗?"她喊了几声
无人回答。她刚看过一部电影
士兵们躲在搁浅的船舱里
等待潮汛。尸横遍野
只有士兵的船漂进了大海
但是,船开始进水……

一种灾难和另一个灾难中间
不存在时间的恍惚和诧异

她钻进船舱
暗红的,埋藏许久的光
几只空塑料袋被她吓得上下扑腾
"有人吗?有人吗?"喊声回荡
她一遍一遍地摸索板壁
然后脱下外套、裙子、内衣、胸罩
短裤,堵住每一个小洞……

……涨潮了。

2018-12-20

我有一只花瓶

但我从未把
买来的花插在瓶里——

我欠它一份回忆
一瓶枝叶蔓乱
时而慵懒
时而愤而不语的止水
和止水的从清澈到腐臭的败象
和花的垂死之状
和之状的重

因此瓶子一直
都有博物馆的质地
它占据一尊案几
压住尘
无懈可击

我已经失去了使它成为我的勇气

2019-4-21

诗

好比一块飞来的石头打破了窗玻璃后
又打破了窗下浇过水的盆花,原来
应该落在盆里的种子,落进了地缝
后来那里钻出一根青草

又好比这块石头,打破的是瓶墨汁
墨汁潺潺流动,压痛了白纸
原来凝聚在瓶里的不满,现在
铺成了起伏绵延的丘陵

再好比石头打中的是我的泪腺
那么除了让泪化作字,我还能做什么呢?
一块不知道从哪里飞来的石头
我把它叫做生活的负担
你也可以认为
那就是诗

2018-12-20

过合肥致先发

我们通过
狭窄的旋转楼梯来到的
将是有序的后半生

庭院的合欢树在阳光下灼烧
剥开的石榴闲置在玻璃杯圈中
鹤在窗外的风景线优美地单脚独立

那么我们还要什么呢?
这其实是个答案
不过被我们以问句的形式抛出

尽管我们早已将平衡点建立在滚动的铁圈之上
对于铁与地面摩擦的瞬间
却依然充满最初的狂喜

2019-10-15

空

镜中的脸
正慢慢地变色

我内心的空墙壁
除了空　除了白　已经无法容下
任何繁复的颜色

我看到所有的颜色
都涌出来占据着镜子
并造出另一个飞鸟已过的天空

2019-10-4

爱过之后

我们不能两次
让同样一个男人穿行而入
他在电话那头解读赫尔克利特时
我这样想。他的声音有点破碎
他以为我不懂他
而我也确实不懂他
风在窗外的毛榉树顶呜咽如长笛
我想象一只走在海边的乌鸦
湿脚爪印在沙滩的合欢瓣
我不知道爱到底把我们冲刷到了哪里
只知道他的任何一次到来
都是一条新河

2019-9-12